Pietro Metastasio

Semiramide

SEMIRAMIDE

Dramma scritto dall'autore in Roma, ed ivi rappresentato, con musica del VINCI,

la prima volta nel teatro detto delle Dame, il carnevale dell'anno 1729.

ARGOMENTO

È noto per le storie che Semiramide ascalonita, di cui fu creduta madre una ninfa d'un fonte e nudrici le colombe, giunse ad esser consorte di Nino re degli Assiri; che dopo la morte di lui regnò in abito virile, facendosi credere il picciol Nino suo figliuolo, aiutata alla finzione dalla similitudine del volto e dalla strettezza colla quale vivevano non vedute le donne dell'Asia, e che, al fine riconosciuta per donna, fu confermata nel regno dai sudditi che ne avevano esperimentata la prudenza ed il valore.

L'azione principale del dramma è questo riconoscimento di Semiramide, al quale per dare occasione, e per togliere nel tempo istesso l'inverisimilitudine della favolosa origine di lei, si finge che fosse figlia di Vessore, re d'Egitto; che avesse un fratello chiamato Mirteo, educato da bambino nella corte di Zoroastro, re de' Battriani; che s'invaghisse di Scitalce, principe d'una parte dell'Indie, il quale capitò nella corte di Vessore col finto nome d'Idreno; che, non avendolo potuto ottenere in isposo dal padre, fuggisse seco; che questi nella notte istessa della fuga la ferisse e gettasse nel Nilo per una violenta gelosia fattagli concepire per tradimento da Sibari, suo finto amico e non creduto rivale; e che indi, sopravvivendo ella a questa sventura, peregrinasse sconosciuta, e le avvenisse poi quanto d'istorico si è accennato di sopra.

Il luogo, in cui si rappresenta l'azione, è Babilonia, dove concorrono diversi principi pretendenti al matrimonio di Tamiri, principessa ereditaria de' Battriani, tributaria di Semiramide, creduta Nino.

Il tempo è il giorno destinato da Tamiri alla scelta del suo sposo; la quale scelta, chiamando in Babilonia il concorso di molti principi stranieri, altri curiosi della pompa, altri desiderosi dell'acquisto, somministra una verisimile occasione di ritrovarsi Semiramide nel luogo istesso e nello stesso giorno col fratello Mirteo, coll'amante Scitalce e col traditore Sibari; e che da tale incontro nasca la necessità del di lei scoprimento.

INTERLOCUTORI

SEMIRAMIDE *in abito virile, sotto nome di Nino re degli Assiri, amante di Scitalce, conosciuto ed amato da lei antecedentemente nella corte d'Egitto come Idreno.*

MIRTEO *principe reale d'Egitto, fratello di Semiramide, da lui non conosciuta, ed amante di Tamiri.*

IRCANO *principe scita, amante di Tamiri.*

SCITALCE *principe reale d'una parte delle Indie, creduto Idreno da Semiramide, pretensore di Tamiri ed amante di Semiramide.*

TAMIRI *principessa reale de' Battriani, amante di Scitalce.*

SIBARI *confidente ed amante occulto di Semiramide.*

ATTO PRIMO

SCENA PRIMA

Gran portico del palazzo reale corrispondente alle sponde dell'Eufrate. Trono da un lato, alla sinistra del quale un sedile più basso per Tamiri. In faccia al suddetto trono tre altri sedili. Ara nel mezzo con simulacro di Belo, deità de' Caldei. Gran, ponte praticabile ornato di statue.

Vista di tende e soldati su l'altra sponda.

SEMIRAMIDE *creduta Nino, con guardie; poi* SIBARI

SEMIR.	Olà, sappia Tamiri
	Che i principi son pronti,
	Che fuman l'are, che al solenne rito
	Di già l'ora s'appressa,
	Che il re l'attende. *(ricevuto l'ordine, parte una guardia: nel mentre che parla Semiramide, esce Sibari, guardandola con meraviglia)*
SIB.	(Io non m'inganno: è dessa).
	Lascia che a' piedi tuoi... *(s'inginocchia)*
SEMIR.	Sibari! (Oh dèi!
	S'allontani ciascun. *(le guardie si ritirano in lontano)*
	(Che incontro!) Sorgi.
	Dall'Egitto in Assiria
	Quale affar ti conduce?
SIB.	È noto altrove
	Che la real Tamiri,
	Dell'impero de' Battri unica erede,
	Qui scegliendo lo sposo, oggi decide
	L'ostinate contese
	Che il volto suo, che il suo retaggio accese.
	Sperai fra queste mura

Tutta l'Asia mirar; ma non sperai

In sembianza viril sul trono assiro

Di ritrovar la sospirata e pianta

Principessa d'Egitto

Semiramide.

SEMIR.   Ah! taci: in questo luogo

Nino ciascun mi crede, e il palesarmi

Vita, regno ed onor potria costarmi.

SIB.   Che ascolto! È teco Idreno?

Che fa? dov'è?

SEMIR.   Di quell'ingrato il nome

Non rammentarmi. Abbandonai con lui

La patria, il regno, il genitor, le nozze

Del monarca numida;

E pur, nol crederai, l'istesso Idreno,

Che m'indusse a fuggir, tentò svenarmi.

SIB.   Quando?

SEMIR.   La notte istessa

Ch'io seco andai, del Nilo

Dalla pendente riva

Ei mi gettò ferita e semiviva.

SIB.   Ma la cagione?

SEMIR.   Oh Dio!

La cagione io non so.

SIB.   (La so ben io).

Come restasti in vita?

SEMIR.   Unica e lieve

Fu la ferita; e la selvosa sponda

Co' pieghevoli salci

La caduta scemò, mi tolse a morte.

SIB.   Qual fu poi la tua sorte?

SEMIR.   In mille guise

          Spoglia e nome cangiai;

          Scorsi cittadi e selve;

          Fra tende e fra capanne

          Il brando strinsi, pascolai gli armenti:

          Or felice, or meschina

          Pastorella, guerriera e pellegrina;

          Fin che il monarca assiro,

          Fosse merito o sorte,

          Del talamo real mi volle a parte.

SIB.   E all'estinto tuo sposo

          Non successe nel regno il picciol Nino?

SEMIR.   Il crede ognun: la somiglianza inganna

          Del mio volto col suo.

SIB.   Ma come il soffre?

SEMIR.   Effeminato e molle

          Fu mia cura educarlo.

SIB.   (E quando spero

          Miglior tempo a scoprirle i miei martìri?

          Ardir). Sappi...

SEMIR.   T'accheta: ecco Tamiri. *(vedendo venir Tamiri)*

SCENA SECONDA

TAMIRI *con séguito, e detti.*

TAM.   Nino, deve al tuo zelo

          Oggi l'Asia il riposo, io degli affetti

          La libertà.

SEMIR.	Ma Babilonia deve

Alla bellezza tua l'aspetto illustre

De' principi rivali. *(una guardia va sul ponte, e accenna che vengano i principi)*

Al fianco mio,

Principessa, t'assidi,

E i merti di ciascun senti e decidi.

(Semiramide va sul trono; Tamiri a sinistra nel sedile; Sibari è in piedi a destra. Intanto, preceduti dal suono di stromenti barbari, passano il ponte Mirteo, Ircano e Scitalce col loro séguito: si fermano fuori del portico, e poi entrano l'un dopo l'altro, quando tocca loro a parlare)

SCENA TERZA

MIRTEO, IRCANO, *poi* SCITALCE, *e detti.*

MIR.   Al tuo cenno, gran re, deposte l'armi,

Si presenta Mirteo.

L'Egitto...

IRC.   *(a Mirteo, interrompendolo)* Odi. La bella

Che fra noi si contende, è quella?

MIR.   *(ad Ircano)*   È quella

L'Egitto è il regno mio... *(a Semiramide)*

IRC.   *(a Semiranide, interrompendo Mirteo)*

Del Caucaso natio

Vien dal giogo selvoso

L'arbitro degli Sciti amante e sposo.

MIR.   Ircano, a quel ch'io veggo,

Tu d'Assiria i costumi ancor non sai.

IRC.   Perché?

SEMIR.   Tacer tu déi:

Parli il prence d'Egitto.

IRC.   In Assiria il parlar dunque è delitto? *(si ritira indietro)*

MIR.   L'Egitto è il regno mio; sospiri e pianti,

Rispetto e fedeltà sono i miei vanti.

SEMIR.   Siedi, principe, e spera: a lei, che adori,

Non è il tuo merto ascoso. *(Mirteo va a sedere)*

Qual ti sembra Mirteo? *(piano a Tamiri)*

TAM.   *(piano a*   Molle e noioso.
Semiramide)

SEMIR.   Or narra i pregi tuoi. *(ad Ircano)*

IRC.   Dunque, a vostro piacer...

TAM.   *(al medesimo)*   Parla, se vuoi.

IRC.   Si parli. A farmi noto

Basta affermar ch'io sono

L'opposto di colui. Sospiri e pianti

Non son pregi fra noi. Pregio allo Scita

È l'indurar la vita

Al caldo, al gel delle stagioni intere,

E domar, combattendo, uomini e fere.

TAM.   Si vede.

SEMIR.   Or siedi, Ircano. *(Ircano va a sedere)*

Qual ti sembra costui? *(piano a Tamiri)*

TAM.   *(piano a Semiramide)* Barbaro e strano.

SEMIR.   Venga Scitalce.

SIB.   (Oh stelle! io veggo Idreno!

Qual arrivo funesto!)

SEMIR.   Sibari, oh Dio! questo è Scitalce? *(piano a Sibari, vedendo Scitalce)*

SIB.   È questo.

SEMIR.   Sarà. *(dopo averlo considerato)*

SCIT.   (Numi, che volto!) Il re novello,

Ircano, dimmi, è quel ch'io miro?

IRC.   È quello.

SCIT.   Sarà. *(dopo aver considerata Semiramide)*

SEMIR.   Prence, il tuo nome

Dunque è Scitalce?

SCIT.   Appunto.

SEMIR.   (Qual voce!)

SCIT.   (Qual richiesta!

Io gelo).

SEMIR.   (Io vengo meno).

SCIT.   (Semiramide è questa).

SEMIR.   (È questi Idreno).

Fin dall'indico clima

Ancor tu vieni alla real Tamiri

Il tributo ad offrir de' tuoi sospiri?

SCIT.   Io... (Che dirò?) Se venni...

Non sperai... Mi credea... Ma veggo... (Oh dèi!)

SEMIR.   (Si confonde il crudel su gli occhi miei).

TAM.   Siedi, Scitalce. Il turbamento io credo

Figlio d'amor; né a paragon d'ogni altro

Picciol merito è questo.

SCIT.   Ubbidisco. *(si ritira lentamente verso il sedile)*

SEMIR.   (Infedel!)

SCIT.   (Sogno o son desto?)

Ma veramente è quegli

Il successor della corona assira? *(ad Ircano)*

IRC.   Non tel dissi?

SCIT.   Sarà. *(siede)*

IRC.   Questi delira.

TAM.   Nino, perché non chiedi *(piano a Semiramide)*

Qual mi sembri costui?

SEMIR.   *(piano a Tamiri)*   Perché ravviso

In quel volto fallace

Segni d'infedeltà.

TAM.   *(piano a Semiramide)* Ma pur mi piace.

SEMIR.   (Oh gelosia!)

IRC.   Che più s'attende? È tempo

Che Tamiri decida.

TAM.   Son pronta.

SEMIR.   (Aimè!) Ma prima

Giurar si dee di tollerar con pace

La scelta d'un rivale. Al nume, all'ara

Principi, andate.

MIR.   Ogni tuo cenno è legge. *(s'alza e va all'ara)*

SCIT.   (Son fuor di me). *(fa lo stesso)*

SEMIR.   (Spergiuro!)

MIR.   Io l'approvo. *(Scitalce e Mirteo pongono la mano su l'ara, stando un per parte)*

SCIT.   Io l'affermo.

IRC.   (s'alza, ma non parte dal suo luogo) Io l'assicuro.

SEMIR.   Ircano, al nume, all'ara

Non t'avvicini?

IRC.   No; giurai, né voglio

Seguir l'altrui costume.

Degli Sciti ecco l'ara ed ecco il nume. *(ponendosi la mano al petto ed accennando la spada)*

TAM.   Io l'ardire d'Ircano,

Di Mirteo l'umiltà veggo ed ammiro;

Ma un non so che...

SEMIR.   Sospendi

La scelta, o principessa.

TAM.   Abbastanza pensai.

IRC.   Dunque favelli.

SEMIR.   No, principi; v'attendo *(s'alza, e seco tutti)*

Entro la reggia all'oscurar del giorno:

Ivi a mensa festiva

Sarem compagni, e spiegherà Tamiri

Ivi il suo cor. Voi tollerate intanto

Il breve indugio.

MIR.   Io non mi oppongo.

IRC.   Ed io

Mal soffro un re de' miei contenti avaro.

SEMIR.   Desiato piacer giunge più caro.

Non so se più t'accendi *(a Tamiri)*

A questa o a quella face:

Ma pensaci, ma intendi;

Forse chi più ti piace

Più traditor sarà.

   Avria lo stral d'Amore

Troppo soavi tempre,

Se la beltà del core

Corrispondesse sempre

Del volto alla beltà. *(parte con Sibari)*

SCENA QUARTA

TAMIRI, MIRTEO, IRCANO *e* SCITALCE

SCIT.   (Che vidi! che ascoltai!

Semiramide vive!

Ma non l'uccisi io stesso?

O sognavo in quel punto, o sogno adesso).

TAM. Sì pensoso, o Scitalce? Ami o non ami?

Sprezzi o brami i miei lacci?

Da lunge avvampi e da vicino agghiacci?

SCIT. Perdonami, o Tamiri.

Se tu sapessi... Oh Dio!

TAM. Parla.

SCIT. Se parlo,

Più confusa ti rendo.

TAM. O tutto mi palesa, o nulla intendo.

SCIT. Vorrei spiegar l'affanno,

Nasconderlo vorrei;

E mentre i dubbi miei

Così crescendo vanno,

Tutto spiegar non oso,

Tutto non so tacer.

Sollecito, dubbioso

Penso, rammento e vedo;

E agli occhi miei non credo,

Non credo al mio pensier. *(parte)*

SCENA QUINTA

TAMIRI, MIRTEO, *ed* IRCANO

TAM. Più che ad ogni altro spiace

La dimora a Scitalce: ei pensa e tace.

IRC.   Non curar di quel folle.

Godi di tua ventura,

Che l'amor t'assicura oggi d'Ircano.

Non rispondi? Ne temi? Ecco la mano.

MIR.   Che fai? Non ti rammenti

Il comando reale?

IRC.   E il re qual dritto

Ha di frapporre a' miei cortesi affetti

O limiti o dimore?

TAM.   Che! Tu conosci amore? Il tuo piacere

È domar combattendo uomini e fere.

IRC.   È ver: ma il tuo sembiante

Non mi spiace però: godo in mirarti,

E curioso il guardo

Più dell'usato intorno a te s'arresta.

TAM.   Gran sorte in ver del mio sembiante è questa!

Che quel cor, quel ciglio altero

Senta amor, goda in mirarmi,

Non lo credo, non lo spero;

Tu vuoi farmi insuperbir:

O pretendi, allor che torni

Ai selvaggi tuoi soggiorni,

Rammentar così per gioco

L'amoroso mio martìr. *(parte)*

SCENA SESTA

IRCANO *e* MIRTEO

IRC. La principessa udisti? Ella superba

Va degli affetti miei. Misero amante!

Ti sento sospirar, ti veggo afflitto.

Cangia, cangia desio;

E per consiglio mio torna in Egitto.

MIR. Mi fai pietà. La tua fiducia insana,

Il tuo rozzo parlar, con cui l'offendi,

Ti rinfaccia Tamiri; e non l'intendi.

IRC. Dunque in diversa guisa i loro affetti

Qui trattano gli amanti? E quale è mai

Questo vostro d'amor leggiadro stile?

MIR. Con lingua più gentile

Qui si parla d'amor; qui con rispetto

Un bel volto si ammira;

Si tace, si sospira,

Si tollera, si pena,

L'amorosa catena

Si soffre volentier, benché severa.

IRC. E poi si ottien mercede?

MIR.   E poi si spera.

IRC. Miserabil mercé! No, d'involarti

Il pregio di gentil non ho desio.

Ciascun siegua il suo stile; io sieguo il mio. *(parte)*

SCENA SETTIMA

MIRTEO *solo.*

MIR.   Felice te, se puoi

            Sopra gli affetti tuoi

            Regnar così! Ma non è ver: se un giorno

            Al par di me cadrai

            In servitù d'una crudele e bella,

            Sarai men franco e cangerai favella.

                Bel piacer saria d'un core

            Quel potere a suo talento,

            Quando Amor gli dà tormento,

            Ritornare in libertà.

                Ma non lice; e vuole Amore

            Che a soffrir l'alma s'avvezzi,

            E che adori anche i disprezzi

            D'una barbara beltà. *(parte)*

SCENA OTTAVA

Orti pensili.

SCITALCE *e* SIBARI

SCIT.   Come! e tu non ravvisi

            Semiramide in Nino? A me la scopre

            Il girar de' suoi sguardi

            Placidi al moto, il favellar, la voce,

            La fronte, il labbro, e l'una e l'altra gota

            Facile ad arrossir; ma, più d'ogni altro,

            Il cor, che al noto aspetto

Subito torna a palpitarmi in petto.

SIB. (Dèi, la conobbe). Ah no. Se fosse tale

Al germano Mirteo nota sarebbe.

SCIT. No; ché bambino ei crebbe

Nella reggia de' Battri.

SIB.   In Asia ognuno

La crede estinta.

SCIT.   Ah, più d'ogni altro, amico,

Io crederlo dovrei. Tutto fu vero

Quanto svelasti a me. Nel luogo andai

Destinato da lei; venne l'infida;

Meco fuggì; ma poi

Non lungi dalla reggia

L'insidie ritrovai. Cinto d'armati

V'era il rivale...

SIB.   E il conoscesti? *(con timore)*

SCIT.   Almeno

Potrei sfogarmi in lui.

SIB. (Torniamo a respirar: non sa ch'io fui).

Ma da tanti nemici

Chi ti salvò?

SCIT.   Fra l'ombre

Del bosco e della notte

Mi dileguai; ma prima

Del Nilo in su la sponda

L'empia trafissi e la balzai nell'onda.

SIB. Aimè!

SCIT.   Da quel momento

Pace non so trovar. Sempre ho su gli occhi,

Sempre il tuo foglio, il mio schernito foco,

La sponda, il fiume, il tradimento, il loco.

SIB.	Il foglio mio! Forse lo serbi?
SCIT.	Il serbo
	Per gloria tua, per mia difesa.
SIB.	Ah, pensa
	Alla mia sicurezza. È qui Mirteo:
	Potria per la germana
	Vendicarsi con me.
SCIT.	Va pur sicuro:
	A tutti il celerò. Ma corrisponda
	Alla mia la tua fé: non dir che Idreno
	In Egitto mi finsi.
SIB.	Io tel prometto.
	Addio. (Torbido è il mare, il tempo è nero:
	Bisogna in tanto rischio un gran nocchiero). *(parte)*

SCENA NONA

SCITALCE, TAMIRI, *indi* SEMIRAMIDE

SCIT.	Chi sa? Forse il desio
	Ingannar mi potrebbe. Al re si vada;
	Si ritorni a veder... *(in atto di partire)*
TAM.	Dove, Scitalce?
SCIT.	Al monarca d'Assiria.
TAM.	Egli s'appressa:
	Fermati.
SCIT.	(Oh Dio! Che dubitarne? È dessa). *(vedendo Semiramide)*
TAM.	Signor, brama Scitalce
	Teco parlar.

SEMIR. (Vorrà scoprirsi). Altrove
Piacciati, o principessa,
Portare il piè: tutta agli accenti suoi
Lascia la libertà.

TAM. Parto. (S'ei m'ami
Scorgi... Chiedi...)

SEMIR. (Va pur: so quel che brami). *(Tamiri parte)*
(Siam soli; or parlerà).

SCIT. (Partì Tamiri;
Or con me si palesa).

SEMIR. (Il rossor lo ritarda).

SCIT. (Teme quel cor fallace).

SEMIR. (Tace e mi guarda!)

SCIT. (Ancor mi guarda e tace!)

SEMIR. Principe, tu non parli?
Impallidisci, avvampi, e sei confuso?

SCIT. Signor, nel tuo sembiante
Una donna incostante,
Che in Egitto adorai,
Veder mi parve e mi turbò la mente:
Quella crudel mi figurai presente.

SEMIR. Tanto simile a Nino
Era dunque colei?

SCIT. Simile tanto,
Che sotto un'altra spoglia
Quell'infida direi che in te si annida.

SEMIR. Se fu simile a me, non era infida.

SCIT. Ah! menzognera, ingrata... *(alterato)*

SEMIR. Olà! Scitalce
Così meco ragiona?

SCIT. Io m'ingannai: perdona *(si ricompone)*

Uno sfogo innocente;

Quella crudel mi figurai presente.

SEMIR. Pur, se avessi presente

Allo sguardo colei, come al pensiero,

Forse, chi sa? non ti vedrei sì fiero.

SCIT. (Quale audacia! Comprenda

Al fin ch'io non la curo). Ah, se tu vuoi,

Questo mio core oppresso

Felice tornerà.

SEMIR.   (Si scopre adesso).

Libero parla.

SCIT.   Oh Dio!

Troppo ardito sarei.

SEMIR.   La tema è vana:

Parla; di me ti puoi fidar.

SCIT.   Vorrei

Pietosa a' miei martìri,

Mercé del tuo favor, render Tamiri.

SEMIR. (Oh ingrato! oh disleale!)

SCIT.   Ella è il mio foco;

Adoro il suo sembiante...

SEMIR. Non più. (Fingiam). Ti compatisco amante.

A parlar con Tamiri,

Ogni tua brama a secondar m'appresto.

SCIT. Torna appunto Tamiri: il tempo è questo.

SEMIR. (Oh importuno ritorno!)

SCIT.   Or dir le puoi

Ch'è l'amor mio, ch'è il mio tormento estremo.

SEMIR. Allontanati e taci. (Io fingo e fremo). *(Scitalce si ritira indietro)*

SCENA DECIMA

Tamiri *e detti*.

TAM. Signor, quali predici

Venture all'amor mio?

SEMIR. Poco felici.

Sudai fin ora invano

Con Scitalce per te. Di lui ti scorda:

Non è degno d'amor.

TAM. Perché?

SEMIR. Ti basti

Saper che non si trova

Il più perfido core, il più rubello.

SCIT. Signor, parli di me? *(avanzandosi)*

SEMIR. Di te favello.

SCIT. (E pure impallidisce!) *(ritirandosi indietro)*

TAM. E s'ei non m'ama,

Perché si fa rivale

D'Ircano e di Mirteo? Chiedasi...

SEMIR. *(arrestandola)* Ah, ferma:

Non gli parlar, se la tua pace brami.

TAM. Ma la cagion?

SEMIR. Tu sei

Innocente in amore, ed egli ha l'arte

D'affascinar chi sue lusinghe ascolta.

SCIT. Nino... *(appressandosi)*

SEMIR. Eh, taci una volta; *(con impeto)*

Non turbarci così.

SCIT. Ma qui si tratta

Del mio riposo, e compatir tu déi...

TAM.   Ma, Scitalce, io vorrei

Chiaro intendere al fin quai son gli affetti

Che nascondi nel seno.

SCIT.   In seno ascondo

Un incendio per te: l'unico oggetto

Sei tu di mia costanza,

Il mio ben, l'idol mio, la mia speranza.

SEMIR.   (Perfido!)

TAM.   Io non intendo

Se siano i detti tuoi finti o veraci;

Eccedi e quando parli e quando taci.

SCIT.   Se intende sì poco

Che ho l'alma piagata,

Tu dille il mio foco, *(a Semiramide)*

Tu parla per me.

(Sospira l'ingrata,

Contenta non è).

    Sai pur che l'adoro, *(alla stessa)*

Che peno, che moro,

Che tutta si fida

Quest'alma di te.

(Si turba l'infida,

Contenta non è). *(parte)*

SCENA UNDICESIMA

Semiramide *e* Tamiri

TAM.   Udisti il prence? Egli è diverso assai

           Da quel che lo figuri.

SEMIR.   Ah tu non sai

           Quanto a fingere è avvezzo.

TAM.   Pur non sembra così.

SEMIR.   Di quel crudele

           Non fidarti, o Tamiri: altro interesse

           Non ho che il tuo riposo.

TAM.   Io ben m'avvedo

           Del zelo tuo; ma sì crudel nol credo.

           Ei d'amor quasi delira,

           E il tuo labbro lo condanna?

           Ei mi guarda e poi sospira,

           E tu vuoi che sia crudel?

           Ma sia fido, ingrato sia:

           So che piace all'alma mia;

           E se piace allor che inganna,

           Che sarà quando è fedel? *(parte)*

SCENA DODICESIMA

SEMIRAMIDE, *poi* IRCANO *e* MIRTEO

SEMIR.   Sarà dunque Scitalce

           Sposo a Tamiri? E soffrirò che, ad onta

           Del nostro affetto antico...

           Principi, io vi predìco

           Gran disastri in amor. Se pigri siete,

           La destra di Tamiri

           Scitalce usurperà. Correte a lei,

Ditele i vostri affanni,

Pietà chiedete, e, se pietà bramate,

Qualche stilla di pianto ancor versate.

IRC.   Non è sì vile Ircano.

MIR.   A placar quell'ingrata il pianto è vano.

SEMIR.   Ah, non è vano il pianto

L'altrui rigore a frangere:

Felice chi sa piangere

In faccia al caro ben!

Tutte nel sen le belle,

Tutte han pietoso il core;

E presto sente amore

Chi ha la pietà nel sen. *(parte)*

SCENA TREDICESIMA

IRCANO *e* MIRTEO

MIR.   Che pensi, Ircano?

IRC.   Hai tu coraggio?

MIR.   Il brando

Risponderà, quando tu voglia.

IRC.   Andiamo

L'importuno rivale

Uniti ad assalir. Pur che si vinca,

Lode al par del valor merta l'ingegno.

MIR.   Sol d'un tuo pari il bel pensiero è degno. *(parte)*

SCENA QUATTORDICESIMA

IRCANO solo.

IRC.   Quanti inventan costoro

Incomodi riguardi! Eh, ch'io non venni

Con essi a delirar. Tremi Scitalce;

La sua caduta è certa,

O frodi io tenti o violenza aperta.

    Talor se il vento freme

Chiuso negli antri cupi,

Dalle radici estreme

Vedi ondeggiar le rupi,

E le smarrite belve

Le selve abbandonar.

    Se poi della montagna

Esce dai varchi ignoti,

O va per la campagna

Struggendo i campi interi,

O dissipando i voti

De' pallidi nocchieri

Per l'agitato mar.

ATTO SECONDO

SCENA PRIMA

Sala regia illuminata in tempo di notte. Varie credenze intorno con vasi trasparenti. Gran mensa imbandita nel mezzo con quattro sedili intorno ed una sedia in faccia.

SIBARI *e poi* IRCANTO *con ispada nuda.*

SIB.   Ministri, al re sia noto

      Che già pronta è la mensa. *(parte una guardia)*

             (E beva in questa

      Scitalce la sua morte: è troppo il colpo

      Necessario per me. Scoprir potrebbe

      La sua voce, il mio scritto

      Quanto Sibari un dì finse in Egitto).

      Dove, signor? Qual ira *(ad Ircano)*

      T'arma la destra?

IRC.   Io vuo' Scitalce estinto.

      Additami dov'è.

SIB.   Ma che pretendi?

IRC.   In braccio alla sua sposa

      Trafiggere il rival.

SIB.   Taci, se brami

      Vederlo estinto: il tuo furor potrebbe

      Scomporre un mio disegno.

IRC.   Io non t'intendo.

      Corro a svenarlo, e poi

      Mi spiegherai l'arcan. *(in atto di partire)*

SIB.   Senti. (Ah, conviene

Tutto scoprir). Poss'io di te fidarmi?

IRC.   Parla.

SIB.   Per odio antico

Scitalce è mio nemico; ed io... ma taci,

Preparai la sua morte.

IRC.   E come?

SIB.   È certo

Che Scitalce è lo sposo. A lui Tamiri

Dovrà, com'è costume,

Il primo nappo offrir: per opra mia

Questo sarà d'atro veleno infetto.

IRC.   Mi piace. E se m'inganni?

SIB.   *(gli mostra un picciol vaso)* Ecco il veleno:

Se nol porgo al rival, passami il seno.

IRC.   Saggio pensiero. Io, tel confesso, amico,

Te ne invidio l'onore.

SIB.   Il re s'appressa:

T'accheta.

SCENA SECONDA

SEMIRAMIDE, TAMIRI, MIRTEO, SCITALCE, *seguìti da paggi e cavalieri, e detti.*

SEMIR.   Ecco, o Tamiri,

Dove gli altrui sospiri

Attendono da te premio e mercede.

(Io tremo e fingo).

TAM.   Ogni misura eccede

La real pompa.

MIR.   E nella reggia assira

Non s'introdusse mai

Con più fasto il piacere.

SEMIR.   *(a Scitalce)*   Al nuovo sposo

Io preparai la fortunata stanza,

Pegno dell'amor mio.

SCIT.   (Finge costanza).

Ah, se quello foss'io,

Chi più di me saria felice?

SEMIR.   (Ingrato!)

IRC.   Come mai del tuo fato *(a Scitalce)*

Puoi dubitar? Saggia è Tamiri, e vede

Che il più degno tu sei.

MIR.   Che ascolto! Ircano,

Chi mai ti rese umano?

Dov'è il tuo foco e l'impeto natio?

IRC.   Comincio, amico, ad erudirmi anch'io.

TAM.   Così mi piaci.

MIR.   È molto.

SCIT.   *(a Tamiri ed a Semiramide)* Io non intendo

Se da senno o per gioco

Parla così.

IRC.   (M'intenderai fra poco).

SEMIR.   Più non si tardi. Ognuno

La mensa onori; e intanto

Misto risuoni a liete danze il canto.

CORO   Il piacer, la gioia scenda,

Fidi sposi, al vostro cor:

Imeneo la face accenda,

La sua face accenda Amor.

PARTE DEL
CORO   Fredda cura, atro sospetto

Non vi turbi e non v'offenda;

E d'intorno al regio letto

Con purissimo splendor

CORO   Imeneo la face accenda,

La sua face accenda Amor.

PARTE DEL
CORO   Sorga poi prole felice,

Che ne' pregi ugual si renda

Alla bella genitrice,

All'invitto genitor.

CORO   Imeneo la face accenda,

La sua face accenda Amor

PARTE DEL
CORO   E, se fia che amico nume

Lunga età non vi contenda,

A scaldar le fredde piume,

A destarne il primo ardor,

CORO   Imeneo la face accenda,

La sua face accenda Amor.

SEMIR.   In lucido cristallo aureo liquore,

Sibari, a me si rechi.

SIB.   (Ardir, mio core). *(va a
prendere la tazza e vi pone destramente il veleno)*

IRC.   (Il colpo è già vicino).

SEMIR.   (Oh Dio! s'appressa

Il momento funesto).

TAM. (Che gioia!)

SCIT.   (Che sarà?)

MIR.   (Che punto è questo!)

SIB. Compìto è il cenno. *(posa la sottocoppa con la tazza avanti a Semiramide, e va a lato d'Ircano)*

SEMIR.   Or prendi,

Tamiri, e scegli. *(dà la tazza a Tamiri)*

    Il sospirato dono

Presenta a chi ti piace;

E goda quegli il grande acquisto in pace.

TAM. Principi, il dubbio, in cui fin or m'involse

L'uguaglianza de' merti,

Discioglie il genio, e non offende alcuno

Se al talano ed al trono

L'uno o l'altro solleva.

Ecco lo sposo e il re: Scitalce beva. *(posa la tazza davanti a Scitalce)*

SEMIR. (Io lo previdi).

MIR.   (Oh sorte!)

SCIT. (Ah, qual impegno!)

SIB.   (Or s'avvicina a morte).

IRC. Via, Scitalce, che tardi? Il re tu sei.

SCIT. (E deggio in faccia a lei

Annodarni a Tamiri?)

TAM. Egli è dubbioso ancora. *(a Semiramide)*

SEMIR. Al fin risolvi.

SCIT.   E Nino

Lo comanda a Scitalce?

SEMIR.   Io non comando:

Fa il tuo dover.

SCIT.   Sì, lo farò. (L'ingrata

Si punisca così). D'ogni altro amore

Mi scordo in questo punto... *(volendo bere, ma poi si arresta)*

                    (Ah, non ho core).

Porgi a più degno oggetto

Il dono, o principessa: io non l'accetto. *(posa la tazza sopra la mensa)*

TAM.   Come!

SIB.   (Oh sventura!)

IRC.   *(a Scitalce)*   E lei ricusi, allora

Che al regno ti destina?

Non s'offende in tal guisa una regina.

SEMIR.   Qual cura hai tu, se accetta

O se rifiuta il dono? *(ad Ircano)*

MIR.   Lascialo in pace.

IRC.   *(a*   Io sono
        Semiramide)

Difensor di Tamiri: e tu non devi *(a Scitalce)*

La tazza ricusar: prendila e bevi.

TAM.   Principe, *(ad Ircano)* in van ti sdegni: ei col rifiuto

Non me, se stesso offende,

E al demerito suo giustizia rende.

IRC.   No, no; voglio ch'ei beva.

TAM.   Eh! taci. Intanto,

Per degno premio al tuo cortese ardire,

L'offerta di mia mano

Ricevi tu con più giustizia, Ircano. *(presenta la tazza ad Ircano)*

IRC.   Io!

TAM.   Sì. Con questo dono

Te destino al mio trono, all'amor mio.

IRC.   Sibari, che farò? *(piano a Sibari)*

SIB.   *(piano ad Ircano)* Mi perdo anch'io.

TAM.   Perché taci così? Forse tu ancora

            Vuoi ricusarmi?

IRC.   No, non ti ricuso.

            T'amo... Vorrei... Ma temo... (Io son confuso).

SEMIR.   Principe, tu non devi

            Un momento pensar: prendila e bevi.

            Troppo il rispetto offendi

            A Tamiri dovuto.

MIR.   Ma parla.

TAM.   Ma risolvi.

IRC.   Ho risoluto. *(s'alza e prende la
            tazza)*

            Vada la tazza a terra. *(getta la tazza)*

SCIT.   E qual furore insano...

IRC.   Così riceve un tuo rifiuto Ircano.

TAM.   Dunque ridotta io sono

            A mendicar chi le mie nozze accetti?

            Dunque per oltraggiarmi

            In Assiria veniste? Il mio sembiante

            È deforme a tal segno,

            Che a farlo tollerar non basta un regno?

SEMIR.   È giusta l'ira tua.

MIR.   Dell'amor mio

            Dovresti, o principessa...

TAM.   *(s'alza e seco tutti)*   Alcun d'amore

            Più non mi parli. Io sono offesa, e voglio

            Punito l'offensor; Scitalce mora.

            Ei col primo rifiuto

            Il mio dono avvilì. Chi sua mi brama,

A lui trafigga il petto:

Venga tinto di sangue, ed io l'accetto.

Tu mi disprezzi, ingrato: *(a Scitalce)*

Ma non andarne altero:

Trema d'aver mirato,

Superbo! il mio rossor.

Chi vuol di me l'impero,

Passi quel core indegno:

Voglio che sia lo sdegno

Foriero dell'amor. *(parte)*

SCENA TERZA

SEMIR. (Il mio bene è in periglio

Per essermi fedel).

IRC.   Scitalce, andiamo:

All'offesa Tamiri

Il dono offrir della tua testa io voglio.

SCIT. Vengo; e di tanto orgoglio

Arrossir ti farò. *(in atto di partire con Ircano)*

SEMIR.   (Stelle, che fia!)

MIR. Arrestatevi, olà; l'impresa è mia.

IRC. Io primiero al cimento

Chiamai Scitalce.

MIR.   Io difensor più giusto

Son di Tamiri.

IRC.   Ella di te non cura,

Né mai ti scelse.

MIR.   Ella ti sdegna, offesa

Dal tuo rifiuto.

IRC.   E tu pretendi...

MIR.   E vuoi...

SCIT.   Tacete: è vano il contrastar fra voi.

A vendicar Tamiri

Venga Ircano, Mirteo, venga uno stuolo:

Solo io sarò; né mi sgomento io solo. *(in atto di partire)*

SEMIR.   Fermati. (Oh Dio!)

SCIT.   Che chiedi?

SEMIR.   In questa reggia

Su gli occhi miei Tamiri

Il rifiuto soffrì: prima d'ogni altro

Io son l'offeso, e pria d'ogni altro io voglio

L'oltraggio vendicar. Qui prigioniero

Resti Scitalce, e qui deponga il brando.

Sibari, sia tuo peso

La custodia del reo.

SCIT.   Come!

SIB.   Che intendo!

SEMIR.   (Così non mi paleso e lo difendo).

SCIT.   Ch'io ceda il brando mio!

SEMIR.   Non più; così comando, il re son io.

SCIT.   Così comandi! E parli

A Scitalce così? Colpa sì grande

Ti sembra il mio rifiuto? Ah! troppo insulti

La sofferenza mia. Qui potrei farti

forse arrossire...

SEMIR.   Olà, t'accheta e parti.

SCIT.　　　Ma qual perfidia è questa? Ove mi trovo?

Nella reggia d'Assiria o fra i deserti

Dell'inospita Libia? Udiste mai

Che fosse più fallace

Il Moro infido o l'Arabo rapace?

No, no: l'Arabo, il Moro

Han più idea di dovere;

Han più fede tra loro anche le fiere. *(getta la spada)*

Voi, che le mie vicende,

Voi, che i miei torti udite,

Fuggite, sì fuggite:

Qui legge non s'intende,

Qui fedeltà non v'è.

E puoi, tiranno, e puoi *(a Semiramide)*

Senza rossor mirarmi?

Qual fede avrà per voi

Chi non la serba a me? *(parte con Sibari)*

SCENA QUARTA

SEMIRAMIDE, IRCANO *e* MIRTEO

SEMIR.　　　(Conoscerai fra poco

Che son pietosa e non crudel).

MIR.　　　　　　　　　　　　Perdona,

Signor, s'io troppo ardisco: il tuo comando

Scitalce a un punto e la mia speme oltraggia.

IRC.　　　Perché mi si contende

Il trionfar di lui?

SEMIR.   Chi mai t'intende?

Or Tamiri non curi, ed or la brami.

MIR.   Ma tu l'ami o non l'ami?

IRC.   Nol so.

SEMIR.   Se amavi allor, come in te nacque

D'un rifiuto il desio?

IRC.   Così mi piacque.

MIR.   Se ti piacque così, perché la pace

Or mi vieni a turbar?

IRC.   Così mi piace.

MIR.   Strano piacer! Dell'amor mio ti fai

Rivale, Ircano, ed il perché non sai?

IRC.   Quante richieste! Al fine

Che vorreste da me?

SEMIR.   Da te vorrei

Ragion dell'opre tue.

MIR.   Saper desio

Qual core in seno ascondi.

SEMIR.   Spiegati.

MIR.   Non tacer.

SEMIR.   Parla.

MIR.   Rispondi.

IRC.   Saper bramate

Tutto il mio core?

Non vi sdegnate;

Lo spiegherò.

Mi dà diletto

L'altrui dolore;

Perciò d'affetto

Cangiando vo.

Il genio è strano,

Lo veggo anch'io;

Ma tento in vano

Cangiar desio:

L'istesso Ircano

Sempre sarò. *(parte)*

SCENA QUINTA

Semiramide e Mirteo

MIR.   Vedi quanto son io

Sventurato in amor. Un tal rivale

A me si preferisce.

SEMIR.   A tuo favore

Tutto farò. Ti bramerei felice.

MIR.   Come goder mi lice

La tua pietà?

SEMIR.   Ti maravigli, o prence,

Perché il mio cor non vedi:

Va; più caro mi sei di quel che credi.

MIR.   A te risorge accanto

La speme nel mio sen,

Come, dell'alba al pianto,

Sull'umido terren

Risorge il fiore.

Se guida mia si fa

L'amica tua pietà,

Non temo del mio ben

Tutto il rigore. *(parte)*

SCENA SESTA

SEMIRAMIDE

SEMIR. Di Scitalce il rifiuto

È una prova d'amor. Questa mi toglie

De' tradimenti suoi

L'immagine dal cor; questa risveglia

Le mie speranze, e questa

Mille teneri affetti in sen mi desta.

T'intendo, Amor: mi vai

La sua fé rammentando, e non gl'inganni.

Quanto facile è mai

Nelle felicità scordar gli affanni!

Il pastor, se torna aprile,

Non rammenta i giorni algenti;

Dall'ovile all'ombre usate

Riconduce i bianchi armenti,

E le avene abbandonate

Fa di nuovo risonar.

Il nocchier, placato il vento,

Più non teme o si scolora;

Ma contento in su la prora

Va cantando in faccia al mar. *(parte col séguito de' cavalieri e paggi)*

SCENA SETTIMA

Appartamenti terreni.

Ircano, *trascinando a forza* Sibari

IRC.   Sieguimi; in van resisti.

SIB.   Ma che vuoi?

IRC.   Che a Tamiri

Discolpi il mio rifiuto.

SIB.   E come?

IRC.   A lei

Scoprendo il ver. Tu le dirai ch'io l'amo;

Che, per non ber la morte,

La ricusai; ch'era la tazza aspersa

Di nascosto velen: che tua la cura

Fu d'apprestarlo.

SIB.   E pubblicar vogliamo

Un delitto comun? Fra lor di colpa

Differenza non hanno

Chi meditò, chi favorì l'inganno.

IRC.   D'un desio di vendetta

Voglio esser reo, non d'un rifiuto. Andiamo.

SIB.   Senti. (Al riparo). Io parlerò, se vuoi;

Ma col parlar scompongo

Un'idea più felice.

IRC.   E qual?

SIB.   Non hai

Pronte tu su l'Eufrate a' cenni tuoi

Navi, seguaci ed armi?

IRC.   E ben, che giova?

SIB.   Ai reali giardini il fiume istesso

Bagna le mura, e si racchiude in quelli

Di Tamiri il soggiorno: ove tu voglia

Col soccorso de' tuoi

L'impresa assicurar, per tal sentiero

Rapir la sposa e a te recarla io spero.

IRC.   Dubbio è l'evento.

SIB.   Anzi sicuro. Ognuno

Sarà immerso nel sonno; a quest'insidia

Non vi è chi pensi; incustodito è il loco.

IRC.   Parmi che a poco a poco

Mi piaccia il tuo pensier; ma non vorrei..

SIB.   Eh dubitar non déi; fidati. Io vado,

Mentre cresce la notte,

Il sito ad esplorar; tu co' più fidi

Dell'Eufrate alle sponde

Sollecito ti rendi.

IRC.   A momenti verrò: vanne e m'attendi.

SIB.   Vieni; ché in pochi istanti

Dell'idol tuo godrai,

E ogni rival farai

D'invidia impallidir.

    Piangono i folli amanti

Per ammollire un core;

Per te non fece Amore

Le strade del martìr. *(parte)*

SCENA OTTAVA

IRCANO, TAMIRI *e poi* MIRTEO

IRC. Ah, non si perda un solo istante. Oh, come

Delusi rimarranno,

Se m'arride il destino,

E Scitalce e Mirteo, Tamiri e Nino! *(in atto di partire)*

TAM. Che si fa? che si pensa? Ancor non turba

Il valoroso Ircano,

Né pur con la minaccia, i sonni al reo?

IRC. Hai difensor più degno: ecco Mirteo. *(partendo, addita ironicamente Mirteo che giunge)*

TAM. Mirteo, son vendicata?

È punito Scitalce?

MIR.   Egli di Nino

È prigionier: come assalirlo?

TAM.   E Nino

Perché l'imprigionò?

MIR.   Perché ti offese

Nella sua reggia; e vuole

Della sorte del reo

Che decida Tamiri.

TAM.   Addio, Mirteo. *(in atto di partire in fretta)*

MIR. Dove?

TAM. A Nino. *(come sopra)*

MIR.   Ah, sì presto,

Tiranna, m'abbandoni?

TAM. *(impaziente)* (Aimè!)

MIR.   Lo veggo,

Nacqui infelice.

TAM.   *(come sopra)*   (Oh che importuno!)

MIR.   Ascolta.

Non ho pace per te; de' miei sospiri

Tu sei l'unico oggetto...

TAM.   Mirteo, cangia favella o cangia affetto.

Io tollerar non posso

Un querulo amator, che mi tormenti

Con assidui lamenti,

Che mai pago non sia, che sempre innanzi

Mesto mi venga, e che, tacendo ancora,

Con la fronte turbata

Mi rimproveri ognor ch'io sono ingrata.

    L'eterne tue querele

Soffribili non sono:

Odiami, ti perdono,

Se amar mi vuoi così.

    Co' pianti dell'aurora

Cominciano i tuoi pianti;

Né son finiti ancora

Quando tramonta il dì. *(parte)*

SCENA NONA

Mirteo, Senmiramide *e poi* Sibari

MIR.   Più sventurato amante

Non v'è di me.

SEMIR.   Né giunge ancor? S'affretti

Scitalce. *(verso la scena)*

MIR.   Ah, se sapessi,

Signor, quai torti io soffro...

SEMIR.   Un'altra volta

Gli ascolterò: parti per ora.

MIR.   Oh Dio!

Un solo istante...

SEMIR.   E ben, che fu? Ti spiega;

Ma spedisciti.

MIR.   Il fasto

Dell'ingrata Tamiri...

SIB.   *(a Semiramide)*   Il prigioniero,

Signore, è qui.

SEMIR.   Fa che s'appressi. *(Sibari parte per
                              eseguire il comando)*

MIR.   Il fasto...

SEMIR.   Lasciami solo.

MIR.   E udir non vuoi?

SEMIR.   *(con impazienza)*   Non posso.

MIR.   Deh, per pietà...

SEMIR.   *(con impeto)*   Mirteo,

T'imposi di partir; basti. Cotesta

Tua soverchia premura è poco accorta.

MIR.   Ah, per me la pietà nel mondo è morta! *(parte)*

SCENA DECIMA

SEMIRAMIDE, SCITALCE, SIBARI

SEMIR. Come mi balza in petto

Impaziente il cor! Più non poss'io

Con l'idol mio dissimular l'affetto.

SCIT. Eccomi. A che mi chiedi?

SEMIR. *(a Scitalce)* Or lo saprai.

Sibari, t'allontana. *(a Sibari, che parte)*

SCIT.   A nuovi oltraggi

Vuoi forse espormi?

SEMIR.   Oh Dio!

Non parliam più d'oltraggi. Io di tua fede

Tutto il valor conosco.

Di Tamiri il rifiuto

M'intenerì; mi fe' veder distinto

Che vero è l'amor tuo, che l'odio è finto.

Deh! non fingiamo più. Dimmi che vive

Nel petto di Scitalce il cor d'Idreno:

Io ti dirò che in seno

Vive del finto Nino

Semiramide tua; che per salvarti

Ti resi prigionier; ch'io fui l'istessa

Sempre per te, che ancor l'istessa io sono.

Pace, pace una volta; io ti perdono.

SCIT. Mi perdoni! E qual fallo?

Forse i tuoi tradimenti?

SEMIR.   Oh stelle! oh dèi!

I tradimenti miei! Dirlo tu puoi?

Tu puoi pensarlo?

SCIT.   Udite! Ella s'offende,

Come mai non avesse

Tentato il mio morir, com'io veduto

Non avessi il rival, come se alcuno

Non m'avesse avvertito il mio periglio!

Rivolgi altrove, o menzognera, il ciglio.

SEMIR.   Che sento! E chi t'indusse

A credermi sì rea?

SCIT.   So che ti spiacque:

La tua frode svanì: dell'innocenza

I numi ebber pietà.

SEMIR.   Quei numi istessi,

Se v'è giustizia in cielo,

Dell'innocenza mia facciano fede.

Io tradir l'idol mio! Tu fosti e sei

Luce degli occhi miei,

Del mio tenero cor tutta la cura.

Ah! se il mio labbro mente,

Di nuovo ingiustamente,

Come già fece Idreno,

Torni Scitalce a trapassarmi il seno.

SCIT.   Tu vorresti sedurmi un'altra volta.

Perfida, m'ingannasti:

Trionfane, e ti basti.

Più le lagrime tue forza non hanno.

SEMIR.   In vero è un grande inganno

A uno straniero in braccio

Se stessa abbandonar, lasciar per lui

La patria e il genitore.

Se questo è inganno, e qual sarà l'amore?

SCIT.   Eh! ti conosco.

SEMIR.   E mi deride! Udite

Se mostra de' suoi falli alcun rimorso!

Io priego, egli m'insulta;

Io tutta umìle, egli di sdegno acceso;

La colpevole io sembro, ed ei l'offeso.

SCIT. No, no, la colpa è mia; pur troppo sento

Rimorso al cor; ma sai di che? D'un colpo

Che lieve fu, né vendicommi allora.

SEMIR. Barbaro, non dolerti: hai tempo ancora.

Eccoti il ferro mio: da te non cerco

Difendermi, o crudel. Saziati, impiaga,

Passami il cor: già la tua mano apprese

Del ferirmi le vie. Mira: son queste

L'orme del tuo furor.

SCIT.   (Se più l'ascolto,

Mi scordo i torti miei).

SEMIR.   Ti volgi altrove?

Riconoscile, ingrato, e poi mi svena.

SCIT. Va, non ti credo.

SEMIR.   Oh crudeltade!

SCIT.   Oh pena!

SEMIR.   Crudel! morir mi vedi

E il mio dolor non credi?

E insulti il mio dolor?

SCIT.   Empia! mi sei palese,

E vanti ancor difese?

E vuoi tradirmi ancor?

SEMIR.   Che crudeltà!

SCIT.   Che inganno!

A DUE   Che affanno è quel ch'io sento!

Sei nata } per tormento,

Sei nato

Barbara, } del mio cor.

Barbar
o,

   Qual astro in ciel splendea

Quel dì che un'alma rea

Seppe inspirarmi amor?

ATTO TERZO

SCENA PRIMA

Campagna su le rive dell'Eufrate. Mura de' giardini reali da un lato,

con cancelli aperti. Navi nel fiume, che ardono.

Zuffa già incominciata fra le guardie assire e i soldati sciti, gli ultimi

de' quali si disperdono inseguiti dagli altri: poi IRCANO *e* MIRTEO *combattendo.*

Il primo cade; l'altro gli guadagna la spada.

MIR.   Cedi il ferro, o t'uccido.

IRC.   Il ferro avrai,

Quand'io rimanga estinto.

MIR.   Empio! vivrai, ma disarmato e vinto. *(gli leva la spada)*

IRC.   Astri nemici!

MIR.   Assiri,

Al re lo Scita altero

Prigionier conducete.

IRC.   Io prigioniero!

Lacci ad Ircano! Ah, temerario! E sai

Chi son io?

MIR.   Sì, io veggo: un vil tu sei

Senza onor, senza fede;

Che altro dover non vede

Che il suo piacer; che insidia le regine;

Che sol con le rapine,

Pregio de' traditori,

Sa meritar, sa contrastar gli amori.

IRC.   Quest'insolente oltraggio

Pagherai col tuo sangue.

MIR.   Eh! di minacce

Tempo or non è. Grazia e pietade implora.

IRC.   Grazia e pietà! Farò tremarvi ancora.

  In mezzo alle tempeste,

Scoglio battuto in mar

Da lungi fa tremar

Navi e nocchieri.

  Fra l'onde più funeste

Lo scoglio tuo sarò,

E il fasto io frangerò

De' tuoi pensieri. *(parte fra le guardie assire)*

SCENA SECONDA

MIRTEO, *poi* SIBARI *con ispada nuda.*

MIR.   Inutile furor!

SIB.   Mirteo, respira.

Tu il barbaro opprimesti: i suoi seguaci

Io dispersi e fugai. Salva è Tamiri:

Lode agli dèi. *(rimette la spada)*

MIR.   Quanto ti deggio, amico!

Vieni al mio sen. Con l'opportuno avviso

Mi salvasti il mio ben. La trama indegna

A me rimasta ignota

Saria senza di te: godrebbe Ircano

Della sua colpa il frutto: io piangerei

Privo dell'idol mio.

SIB.   L'opre dovute

Alcun merto non hanno.

MIR.   (Che fido cor!)

SIB.   (Che fortunato inganno!)

MIR.   Ecco: un rival di meno

Per te mi trovo.

SIB.   Il tuo maggior nemico

Non ti è noto però.

MIR.   Lo so: Scitalce

Funesto è all'amor mio.

SIB.   Solo all'amore?

Ah, Mirteo, nol conosci.

MIR.   Io nol conosco?

SIB.   No. (S'irriti costui).

MIR.   Chi dunque è mai?

Spiegati, non tacer.

SIB.   Scitalce è quello

Che col nome d'Idreno

Ti rapì la germana.

MIR.   Oh dèi, che dici!

Donde, Sibari, il sai?

SIB.   Molto in Egitto

Ei mi fu noto. Io del real tuo padre

Era i custodi a regolare eletto,

Quando tu pargoletto

Crescevi in Battra a Zoroastro appresso.

MIR.   Potresti errar.

SIB.   Non dubitarne: è desso.

MIR.   Ah, non a caso il Cielo

Il reo mi guida innanzi. Il suo castigo

È mio dover. *(in atto di partire)*

SIB.   Dove t'affretti? Ascolta! *(trattenendolo)*

Regola almen lo sdegno.

MIR.   Non soffre l'ira mia freno o ritegno.

     In braccio a mille furie

Sento che l'alma freme:

Tutte le sento insieme,

Tutte d'intorno al cor.

     Delle passate ingiurie

Quella l'idea mi desta;

L'odio fomenta questa

Del contrastato amor. *(parte)*

SCENA TERZA

Sibari *solo.*

SIB.   Quell'ira ch'io destai

Molto giovar mi può. Scitalce estinto

Dal timor mi difende

Ch'ei palesi il mio foglio;

E di lei che m'accende,

Un inciampo mi toglie al letto, al soglio.

Questa dolce lusinga

Di delitto in delitto, oh Dio! mi guida.

Ma il rimorso or che giova?

Quando il primo è commesso,

51

Necessario diventa ogni altro eccesso.

Or che sciolta è già la prora,

Sol si pensi a navigar.

Quando fu nel porto ancora,

Era bello il dubitar. *(parte)*

SCENA QUARTA

Gabinetti reali.

SEMIRAMIDE, *una guardia, poi* SCITALCE

SEMIR. Nol voglio udir: da questa reggia Ircano

Parta a momenti. Egli perdé nel vile

Tradimento intrapreso

Ogni ragione all'imeneo conteso.

Odi: Scitalce a me s'inoltri. *(alla guardia, che parte)*

      Io tremo

Ripensando a Mirteo. Con quale orgoglio

Or mi parlò! Non è suo stil. Che avvenne?

Che vuol? Mi ravvisò? Principe, ah, siamo *(a Scitalce, che giunge)*

In gran periglio entrambi: ho gran sospetto

Che Mirteo ci conosca. Ai detti audaci,

All'insolito sdegno, alle minacce

Misteriose e tronche, io giurerei

Ch'ei ci scoprì. Per questi istanti a pena,

Ch'io parlo teco, a differir la pugna

Indussi il suo furor.

52

SCIT.   Rendimi il brando;

Lasciami dunque in libertà.

SEMIR.   Vincendo,

Che giovi a me, quando ei mi scopra? Ah, pensa

Che all'estrema sventura

Io ridotta sarei.

SCIT.   Questa è tua cura.

SEMIR.   Ma, se senza tuo danno

Tu potessi salvarmi,

Nol faresti, o crudel?

SCIT.   La tua salvezza

Non dipende da me.

SEMIR.   Da te dipende.

Odimi sol.

SCIT.   Parla. *(con disprezzo)*

SEMIR.   E che vuoi ch'io dica,

Se m'ascolti così? Fin ch'io ragiono,

Placa quell'ira, o caro;

Modera quel dispetto;

Prometti di tacer.

SCIT.   Parla: il prometto.

SEMIR.   (M'assisti, Amor).

SCIT.   (Che mai può dirmi?)

SEMIR.   Or senti:

Se la tua man mi porgi...

SCIT.   Che! la mia man?

SEMIR.   Rammenta

Che déi tacer. M'avanza

Molto ancor che spiegarti.

SCIT.   (Oh tolleranza!)

SEMIR.   Se la tua man mi porgi,

Tutto in pace sarà. Vedrà Mirteo

Col felice imeneo

Giustificato in noi l'antico errore.

Più rivale in amore

Non gli sarà Scitalce. E quando uniti

Voi siate in amistà, l'armi d'Egitto,

Le forze del tuo regno, i miei fedeli,

Se ben scoperta io sono,

Saran bastanti a conservarci il trono.

Oh viver fortunato,

Oh dolce uscir di vita,

Con l'idol mio, col mio Scitalce unita!

SCIT.   (Se men la conoscessi,

Al certo io cederei).

SEMIR.   Perché non parli?

SCIT.   Promisi di tacer.

SEMIR.   Tacesti assai:

È tempo di parlar.

SCIT.   Rendimi il brando:

Altro a dir non mi resta.

SEMIR.   Non hai che dirmi! E la risposta è questa?

SCIT.   Vuoi dunque ch'io risponda? Odimi. Esposto

Degli uomini allo sdegno,

All'ira degli dèi,

Prima d'esserti sposo, esser vorrei.

SEMIR.   E questa è la mercede,

Che rendi a tanto amore,

Anima senza legge e senza fede?

Tradita, disprezzata,

Ferita, abbandonata,

Mi scopro, ti perdono,

T'offro il talamo, il trono;

E non basta a placarti?

E a pietà non ti desti?

Qual tigre t'allattò? Dove nascesti?

SCIT. E ancor con tanto orgoglio...

SEMIR. Taci: ingiurie novelle udir non voglio.

Custodi, olà: rendete

Il brando al prigionier. Libero sei:

Va pur dove ti guida

Il tuo cieco furor. Vanne, ma pensa

Ch'oggi, ridotta alla sventura estrema,

Vendicarmi saprò: pensaci e trema.

 Fuggi dagli occhi miei,

Perfido, ingannator:

Ricordati che sei,

Che fosti un traditor,

Ch'io vivo ancora.

 Misera! A chi serbai

Amore e fedeltà?

A un barbaro, che mai

Non dimostrò pietà,

Che vuol ch'io mora. *(parte)*

SCENA QUINTA

SCITALCE, *poi* TAMIRI

SCIT. Dove son! Che ascoltai! Tanta fermezza

Può mostrar chi tradisce? Oh dèi! Se mai

Ingannato io mi fossi?

Se mai fosse fedel? Se tanti oltraggi

Soffrisse a torto... Eh che son folle! Ah dunque

Maggior fede io dovrei

A' suoi detti prestar che agli occhi miei?

Risolviti, o Scitalce;

E detesta una volta i tuoi deliri.

TAM.   Principe...

SCIT.   *(risoluto)* Al fin, Tamiri,

M'avveggo dell'error: teco un ingrato

So che fin ora io fui; ma più nol sono.

Concedimi, io t'imploro, il tuo perdono.

TAM.   (Nino parlò per me). Tutto, o Scitalce,

Tutto mi scorderei; ma in te sospetto

Di qualche ardor primiero

Viva la fiamma ancor.

SCIT.   No, non è vero.

TAM.   Finger tu puoi: nol crederò, se pria

La tua destra non stringo.

SCIT.   Ecco la destra mia: vedi s'io fingo.

SCENA SESTA

Mɪʀᴛᴇᴏ *e detti.*

MIR.   Così vieni a pugnar? Chi ti trattiene?

Più non sei prigionier. Libero il campo

Il re concede: a che tardar? Raccogli

Quegli spirti codardi.

SCIT.   Mirteo, per quanto io tardi,

Troppo sempre a tuo danno

Sollecito sarò.

MIR.   Dunque si vada.

TAM.   No, no; già tutto è in pace:

Che si pugni per me più non intendo.

SCIT.   Soddisfarlo convien. Prence, t'attendo.

Odi quel fasto? *(a Tamiri)*

Scorgi quel foco?

Tutto fra poco

Vedrai mancar.

Al gran contrasto

Vedersi appresso

Non è l'istesso

Che minacciar. *(parte)*

SCENA SETTIMA

TAMIRI *e* MIRTEO

TAM.   (S'impedisca il cimento;

Si voli al re). *(in atto di partire)*

MIR.   Così mi lasci? Almeno

Guardami, ingrata, e parti.

TAM.   Mirteo, non lusingarti: io ben conosco

Tutti i meriti tuoi; quanto io ti deggio,

In faccia al mondo intero

Sempre confesserò; saprò serbarti,

Perfin ch'io viva, un'amistà verace:

Ma Scitalce mi piace;

Sol per lui di catene ho cinto il core.

MIR.   Ma la ragion?

TAM.   Ma la ragione è amore.

   D'un genio che m'accende,

Tu vuoi ragion da me?

Non ha ragione amore,

O, se ragione intende,

Subito amor non è.

   Un amoroso foco

Non può spiegarsi mai.

Di' che lo sente poco

Chi ne ragiona assai,

Chi ti sa dir perché. *(parte)*

SCENA OTTAVA

Mirteo *solo*.

MIR.   Or va, servi un'ingrata; il tuo riposo

Perdi per lei; consacra a' suoi voleri

Tutte le cure tue, tutti i pensieri:

Ecco con qual mercé

Poi si premia la fé di chi l'adora:

Diviene infida, e ne fa pompa ancora.

Sentirsi dire

Dal caro bene:

'Ho cinto il core

D'altre catene',

Quest'è un martìre,

Quest'è un dolore,

Che un'alma fida

Soffrir non può.

Se la mia fede

Così l'affanna,

Perché, tiranna,

M'innamorò? *(parte)*

SCENA NONA

Anfiteatro con cancelli chiusi da' lati, e trono da una parte.

SEMIRAMIDE *con guardie e popolo,* SIBARI *ed* IRCANO

IRC. A forza io passerò: vuo' del cimento

Trovarmi a parte anch'io.

SEMIR.   Così partisti?

Qual mai ragion sopra una man pretendi,

Che ricusasti?

IRC.   Io ricusai la morte:

Avvelenato il nappo

Sibari avea. Fu suo consiglio ancora

La tentata rapina. Egli è l'autore

D'ogni mio fallo.

SIB.	Ah, mentitor!

IRC.	Su gli occhi

Del tuo re questo acciar... *(in atto di ferirlo)*

SEMIR.	Non più: per ora

Non voglio esaminar qual sia l'indegno.

Olà: si dia della battaglia il segno.

(Mentre Semiramide va sul trono, Ircano si ritira da un lato in faccia a lei. Sibari resta alla sinistra del trono. Suonano le trombe, s'aprono i cancelli, dal destro de' quali viene Mirteo, e dall'opposto Scitalce, ambedue senza spada, senza cimiero e senza manto)

SCENA ULTIMA

MIRTEO, SCITALCE, *poi* TAMIRI *e detti.*

MIR.	(Al traditore in faccia il sangue io sento

Agitar nelle vene). *(guardando Scitalce)*

SCIT.	(Io sento il core

Agitarsi nel petto in faccia a lei). *(guardando Semiramide)*

SEMIR.	(Spettacolo funesto agli occhi miei!)

(Due capitani delle guardie presentano l'arme a Scitalce ed a Mirteo, e si ritirano presso i cancelli. Mentre Mirteo e Scitalce si muovono per combattere, esce frettolosa Tamiri)

TAM.	Ah, fermati, Mirteo. Sai ch'io non voglio

Più vendetta da te.

MIR.   Vendico i miei,

Non i tuoi torti. È un traditor costui:

Mentisce il nome, egli s'appella Idreno;

Egli la mia germana

Dall'Egitto rapì.

SIB.   (Stelle, che fia!)

SCIT.   Saprò, qualunque io sia...

SEMIR.   Mirteo, t'inganni.

MIR.   Nella reggia d'Egitto

Sibari lo conobbe; egli l'afferma.

SIB.   (Aimè)!

SCIT.   Che! mi tradisci, *(a Sibari)*

Perfido amico? È ver, mi finsi Idreno;

È ver, la tua germana

Là del Nilo alle sponde

Rapii, trafissi e la gittai nell'onde.

MIR.   Empio! inumano!

 SCIT.   *(cava il foglio)*   In questo foglio veda

S'ella fu, s'io son reo.

Sibari lo vergò: leggi, Mirteo. *(lo dà a Mirteo)*

SIB.   (Tremo).

SEMIR.   (Che foglio è quello?)

 MIR.   *(legge)*   'Amico Idreno,

Ad altro amante in seno

Semiramide tua porti tu stesso.

L'insidia è al Nilo appresso. Ella, che brama

Solo esporti al periglio

Di doverla rapir, ti finge amore:

Fugge con te, ma col disegno infame

Di privarti di vita

E poi trovarsi unita

A quello a cui la stringe il genio antico.

Vivi. Ha di te pietà Sibari amico'.

SEMIR.   (Stelle, che inganno orrendo!)

MIR.   Sibari, io non t'intendo. In questo foglio

Sei di Scitalce amico; e pur poc'anzi

Da me, lo sai, tu lo volevi oppresso.

Come amico e nemico

Di Scitalce esser può Sibari istesso?

SIB.   Allor... (Mi perdo). Io non credea... Parlai...

MIR.   Perfido, ti confondi! Ah, Nino, è questi

Un traditor; da' labbri suoi si tragga

A forza il ver.

SEMIR.   (Se qui a parlar l'astringo,

Al popolo ei mi scopre). In chiuso loco

Costui si porti; e sarà mia la cura

Che tutto ei sveli.

SIB.   A che portarmi altrove?

Qui parlerò.

SEMIR.   No, vanne: i detti tuoi

Solo ascoltar vogl'io.

SCIT.   Perché?

MIR.   Resti.

IRC.   Si senta.

SIB.   Udite.

SEMIR.   (Oh Dio!)

SIB.   Semiramide amai: lo tacqui. Intesi

L'amor suo con Scitalce: a lei concessi

Agio a fuggir. Quanto quel foglio afferma

Finsi per farla mia.

SCIT.   Fingesti! Io vidi

Pure il rival, vidi gli armati.

SIB.   Io fui

Che, mal noto fra l'ombre,

Sul Nilo v'attendea. Volli assalirti,

Vedendoti con lei;

Ma fra l'ombre in un tratto io vi perdei.

SCIT.   Ah, perfido! (Che feci!)

SIB.   Udite: ancora

Molto mi resta a dir.

SEMIR.   Sibari, basta!

IRC.   No; pria si chiami autore

De' falli apposti a me.

SIB.   Tutti son miei.

SEMIR.   Basta, non più!

SIB.   No, non mi basta.

SEMIR.   (Oh dèi!)

SIB.   Già che perduto io sono,

Altri lieto non sia. Popoli, a voi

Scopro un inganno: aprite i lumi. Ingombra

Una femmina imbelle il vostro impero...

SEMIR.   Taci. (È tempo d'ardir). Popoli, è vero: *(s'alza in
piedi sul trono)*

Semiramide io son. Del figlio in vece

Regnai fin or, ma per giovarvi. Io tolsi

Del regno il freno ad una destra imbelle,

Non atta a moderarlo; io vi difesi

Dal nemico furor; d'eccelse mura

Babilonia adornai;

Coll'armi io dilatai

I regni dell'Assiria. Assiria istessa

Dica per me se mi provò fin ora,

Sotto spoglia fallace,

Ardita in guerra e moderata in pace.

Se sdegnate ubbidirmi, ecco depongo

Il serto mio. *(depone la corona sul trono)*

      Non è lontano il figlio:

Dalla reggia vicina

Porti sul trono il piè.

CORO

    Viva lieta, e sia regina

    Chi fin or fu nostro re. *(Semiramide si ripone in capo la corona)*

MIR.	Ah, germana!
SEMIR.	Ah, Mirteo! *(scende dal trono ed abbraccia Mirteo)*
SCIT.	Perdono, o cara:

Son reo... *(s'inginocchia)*

SEMIR.   Sorgi, e t'assolva

Della mia destra il dono. *(porge la mano a Scitalce)*

SCIT.   Oh Dio! Tamiri,

Coll'idol mio sdegnato,

Io ti promisi amor...

TAM.   Tolgano i numi

Ch'io turbi un sì bel nodo. In questa mano

Ecco il premio, Mirteo, da te bramato. *(dà la mano a Mirteo)*

SCIT. Anima generosa!

MIR.   Oh me beato!

IRC. Lasciatemi svenar Sibari, e poi

Al Caucaso natio torno contento.

SEMIR. D'ogni esempio maggiori,

Principe, i casi miei vedi che sono: *(ad Iracno)*

Sia maggior d'ogni esempio anche il perdono.

CORO

Donna illustre, il Ciel destina

A te regni, imperi a te.

Viva lieta, e sia regina

Chi fin or fu nostro re.

Nel tempo del coro che termina l'opera, del suo ritornello e della sinfonia che precede la Licenza, *tutta la scena si ricopre di dense nuvole, le quali, diradandosi poi a poco a poco, scopron nell'alto la luminosa reggia di Giove su le cinte dell'Olimpo, ed una porzione d'arcobaleno, che si perde nel basso fra le nuvole, che circondan sempre le scoscese falde del monte. Si vede Giove assiso nel suo trono, nel più distinto luogo della reggia: all'intorno e sotto di lui Giunone, Venere, Pallade, Apollo, Marte, Mercurio, e la schiera degli dèi minori e de' Geni celesti, e la dea Iride a' suoi piedi in atto di riceverne un comando. Questa (quando già sia la scena al suo punto), levandosi rispettosamente, va a sedere in un leggiero carro tirato da pavoni, e già innanzi preparato sull'alto dell'arcobaleno; e, servendole di strada l'arco medesimo, scende velocemente al basso, dove, smontata dal carro, corteggiata da' Geni celesti, si avanza a pronunciare la seguente*

LICENZA

Il giubilo festivo

Di questo giorno, a cui

Sì gran parte del mondo è debitrice

Di sua felicità, non è ristretto

Fra gli angusti confini, o gran Fernando,

Della terra e del mar. Là su l'Olimpo

Lo risenton gli dèi; ne è Giove a parte;

E dall'eccelsa sfera, ov'ei risplende,

Iride messaggiera a te ne scende.

Ed è ragion: Giove in Fernando onora

Un'immagine sua. Padre ei de' numi,

Tu il sei di tanti regni: astro funesto

Il suo seren non turba; e il tuo sereno

A turbar le sventure atte non sono.

Piovono dal suo trono

Sempre influssi benigni;

Sempre grazie dal tuo: Giove è nel cielo

Fra le schiere de' numi; e, fra le schiere

Di tante tue virtù più che reali,

Il lor Giove anche in terra hanno i mortali.

    Immagine sì bella

Grata l'Iberia onori;

Ed in Fernando adori

La sua felicità.

    Di sì propizia stella

Fin che scintilla il lume,

Padre, monarca e nume

Fernando a lei sarà.